천년의 시 0166

멍텅구리배

천년의시 0166

멍텅구리 배

1판 1쇄 펴낸날 2024년 11월 30일
지은이 안흥열
펴낸이 이재무
기획위원 김춘식, 유성호, 이형권, 임지연, 차성환, 홍용희
책임편집 박예솔
편집디자인 민성돈, 김지웅, 정영아
펴낸곳 (주)천년의시작
등록번호 제301-2012-033호
등록일자 2006년 1월 10일
주소 (03132) 서울시 종로구 삼일대로32길 36 운현신화타워 502호
전화 02-723-8668
팩스 02-723-8630
블로그 blog.naver.com/poemsijak
이메일 poemsijak@hanmail.net

안흥열ⓒ, 2024, printed in Seoul, Korea

ISBN 978-89-6021-792-8
     978-89-6021-105-6 04810(세트)

값 11,000원

*본 도서는 🌸 **충청남도**, 🏛 **충남문화관광재단** 의 후원으로 발간되었습니다.

멍텅구리 배

안 홍 열 시 집

천년의
시작

시인의 말

노櫓도, 돛도
키도 없는 멍텅구리 배를 타고
오로지 닻에 의지하여
세상 한가운데에 그물을 던지는
멍텅구리 어부
어쩌랴
어황이 좋지 않다고 하더라도
그물질을 멈출 수가 없다
오늘도
그리움의 바다에 닻을 내리고
부진부진 조업에 나서는데
일기예보가 심상치 않다
이제
무인도 같은 배에 머물 시간이
얼마나 남았을까

차 례

시인의 말

제1부

제2부

제3부

제1부

좁교

무슨 전쟁 영화에 나오는

다리 이름 같지만

스토리는 매우 슬프다

고도 3천 아래에 사는 물소와

고도 3천 이상에서 사는 야크가

오작교에서 만나 태어난

모태 비극, 소 같은 야크

소량의 먹이만 먹고

등짐을 허리가 휘게 진 채

좁고 험한 비탈길을 오르고 또 오르는 짐승

힘과 끈기가 대단하다

등산인들을 위해

평생 발톱 빠지게 히말라야를 오르내리다가

후손도 남기지 못하고 죽는

불임의 슬픈 즘생

제대로 된 시 한 편 쓰지 못하고

비명碑銘도 없이 죽은

무명 시인의 삶과 같다

지붕이 없는 사랑

뭇 사랑의 덮개 중 하나인 지붕은
집의 꼭대기 '집웅'이었다가
세월의 무게를 어쩌지 못하고
ㅂ이 내려 앉아
지붕이 되었으리라

폭설이 내린 오늘
지붕이 없는
직박구리 두 마리가 찾아왔다
배가 고픈지
부리가 얼었는지
울지 못한다
겨울이 깊어
몇 개 남은 까치감도 사라지고 없는
텅 빈 감나무

바구니에
감 몇 알 담아
처마 밑에 내놓았다
지붕이 없는 사랑은

슬프고 춥다

직박구리가 찍어 먹다 남기고 간

단감 같은 사랑

그대는 나의 지붕이다

승어부勝於父

강이 나를 뛰어넘었다[*]
부성애란 그런 것이다
뛰어넘어서 기쁜 것
내가 아버지를 뛰어넘은 것은
무엇일까
불초하게도 내세울 것이라고는
문학을 한답시고
시건방 떤 일밖에 없다
가장의 모범을 계승하기는커녕
시다운 시 한 편 쓰지 못하고
날로 주량酒量만 늘어나
담관암으로 돌아가신 아버지보다
내가 더 주호酒豪였다
시보다 술을 더 가까이하여
걱정을 끼치는 나날의 연속
아까운 작품 다 죽이고 말았다
행인지 불행인지
퇴행성관절염 때문에 금주를 하고
뒤늦게나마
아버지와의 과거사를 들추다가

안타까운 후회의 뼈만 수습한 채
죽어 가는 시를 살려 보려고
안간힘이다
내일 죽더라도
오늘 시 한 편 정으로 쪼다가
사라지리라는 헛된 망상
이제 접을 때도 되었는데

* 소설가 한승원이 소설가인 딸 한강을 두고 한 말.

토분土盆

사람은 옷이 날개라면
그림은 액자가 날개
화초는 화분이 날개

쓰레기 분리수거 중
검은 비닐에 담겨서
내용물을 알 수 없는 물체
그냥 던져 버리려다가
너무 묵직하여 다시 열어서 득템한
황토 화분 한 개

거실 귀퉁이
검은 플라스틱 화분에 심긴
석곡石斛을 옮겨 심었더니
집 안이 다 푸르고 환하다
향기가
훨훨 날아다닌다

사람이 접근하기 어려운
돌 틈

후미진 곳에 버려졌을

토분 같은 내 꿈은

지금 어디서

풍찬노숙을 하고 있을까

바람시詩

만드는 방법은 다르지만
모양과 맛이
아주 비스므리한
송편과 부꾸미와 바람떡
그중에
이름과 모양이 자꾸 눈길을 끄는
바람떡은
만든 사람의 어떤 바람이
들어 있을까
외모가 매끈하고
모양이 반달 같으며
약간 바람기도 들어 있는
묘령의 여인 같은 떡
나도
그런 바람이 담긴 작품
그런 인생이 담긴
바람시詩를 만나
팔짱을 끼고
바람 한번 쏘이고 싶다

봄바람

사진은 추억의 그림
오래전에 찍은 사진이지만
그림이 싱싱하다

누가 찍었는지
마음은 여전히 젊은데
포즈는 구식이다

사랑은 공과 같아서
바람이 빠지면 튀지 않는다
가끔 바람을 보충해야 한다

봄바람이 불어
여기저기 핀 벚꽃을 보고
쭈그러진 공도 부풀어 오른다

오늘 밤
아내에게 수작을 부려
벚꽃 바람이 불게 해야겠다

뒷말

사람의 귀는
숨이 멎은 뒤에도 한동안 열려 있어
자기가 죽었다는 말을
스스로 듣는다고 한다
죽음이 죽음을 듣는 것이다
염장이의 경험에 따르면
주검이
산 자들의 말을 알아듣고
눈물을 흘리는 일이 있다는데
세상을 떠난 지 오래된 귀는 어떨까
벽에도 귀가 있다는 말처럼
영혼의 귀는
생과 사의 경계를 넘나들며
산 자들의 말을 엿듣고 있을 것이다
다만
눈물을 볼 수 없을 뿐이고
이를 증명할
경험자가 없을 뿐이다
발 없는 말은 천 리를 가지만
바퀴 달린 귀는

거리를 초월하여 그 말을 듣는다
입은 유한하지만
영혼의 귀는 영원하다

느리게 가는 시계

미세먼지가 심한 날
숲길에서
삶의 편곡자編曲者 두 사람을 만났다

양 손에 지팡이를 하나씩 짚고
네 발로 기어가듯 걷는 사람

뇌출혈로 4년간 누워 지내다가
편마비를 이기고
불편한 다리 하나를 끌며
위태위태 걷는 사람

가다가 서 있고
서 있다가 간다
어제보다는 느리지만
내일보다는 빠른 걸음

생은 오르고 내리는 계단
세상에는
아무 탈 없이 작동하다가

저이들처럼

좀 느리게 가는 시계도 있다

결코 멈출 수 없는

저 희망의 바늘

투표

이른 아침 투표를 하고
진주라 천 리 길을 출발했는데
고속도로 입구쯤에서 문제가 생겼다
오른쪽 앞바퀴가 정상이 아니라고
계기판 경고등이 깜박거린다
초행에다가
일정이 빠듯한데
출발부터 예감이 좋지 않다

옛날에는 빵꾸가 나면 빵!
지금은 펑크가 나면
펑! 소리가 날까
옛날이나 지금이나
주행 중에 바퀴가 터지거나 빠지면
명을 재촉하는
악! 소리가 난다,
불길한 예감은 불길하니
급할수록 돌아가라

인생길은 말타기

민주주의의 꽃이라는 선거도

일종의 말타기

말에서 떨어지면

그 후유증이 심각할 것이다

오늘 밤

낙마의 신음 소리 여기저기 들리리라

누가 이기든 지든

봄날은 간다

연리근

목련 나무 밑에
하얀 목련잎 떨어지고
벚나무 밑에
벚꽃잎이 눈처럼 내렸는데
소나무 발치에
뜬금없이
자목련 잎이 앉아 있다
무슨 일일까
위를 살펴 보니
큰 소나무 옆에 자목련 한 그루가
외로 비켜서서
다소곳하게 꽃을 피우고 있다
우람한 몸에 가려서
잘 보이지 않는 자목련
조선 총각 어깨에 기댄
이국적인 처녀 같다
뿌리는 이미
서로 정을 통하고 있으리니
연리지 아닌 연리근
참 이색적인 커플이다

날씨도 화창하니

종다리 앞세워

초례청에 세우면 어떨까

유아 숲 체험원에서

숲은 어미 닭의 품 같다
유아 숲 체험원에
방금 부화한 병아리들이
재잘재잘
어미 닭을 따라다닌다
모두 연초록 단체복을 입고
노란 모자를 썼다
세상이 신기한지
고개를 갸웃거리는 모습
반짝이는 눈
모두 싱싱한 봄빛과 잘 어울린다
봄이 오는지 마는지
내 차림새는 쥐색
생각도 쥐색
색감부터 수준 미달이다
세상을 보는 눈이나
쓰는 문장이
개밥에 도토리
겨울을 벗어나지 못하고 있다
연식이 오래된 차종이지만

오늘은
세차라도 깨끗이 해야겠다

타이밍

수변 공원에
벚꽃이 한창 피고 있는데
수질, 경관 개선 공사를 한다고
차단 벽을 높이 세우고 있다
수많은 꽃봉오리가 막 터지는 중인데
꽃을 볼 수 없게 차단하다니
타이밍이 참 고약하다
기다리던 소풍날 비가 내리는 것처럼
속상하고 섭섭하다

지구의 아름다운 풍경은
시선이 차단된
바닷속에 많이 있다고 한다
우주에는 더 많은 아름다움이
존재할 것이다

내가 만날 타이밍을 놓친
아름다운 사람과
아름다운 시와
아름다운 음악, 그림은 얼마나 많을까

화창한 봄날에

무심히 세워진 차단 벽이

참 뜬금없다

명자나무

차고를 리모델링한 후
집 안에 있던 화분을 내놓았더니
무심했던 이웃들의 발걸음
무심히 지나가던 시선들이
잠시 머물다 간다

아름답지 않은 꽃은 없지만
수줍음 타는 꽃은 많다
명자나무는
꽃이 잎에 가려서 손해를 많이 본다

외모나 수줍은 성격 때문에
손해를 보는 사람도 많다
낯가림이 심해서
말주변이 없어서
제대로 평가받지 못하는
명자나무 같은 사람

내면의 진가를 알아주고
따뜻이 머물다 가는 시선은 아름답다

남의 시선이 머물거나 말거나

조용히 피는 명자꽃

명자꽃 닮은 사람도 아름답다

새벽 기도

새벽길에 자주 마주치는 남녀

키가 큰 남자와

좀 작은 여자

나이가 지긋한데

손잡고 걷는 모습이 다정다정하다

두툼한 책을 들었으니

새벽 기도를 다니는 모양인데

종교를 모르는 사람 눈에도

어둑한 주변이 환할 만큼

믿음이 깊어 보인다

아내에게 손잡자고 한 말

그 눈빛을 건넨 지 언제였더라

도둑 제 발 저리듯

마음 한편이 켕긴다

언박싱 이후의 사랑

그 유통기한이 얼마나 될까

지금 이 지구상에

기도가 필요한 장소는 많다

기도가 끊긴 곳

잡아야 할 손을 놓친 사람들

다정하게

두 손 잡는 날이 어서 왔으면 좋겠다

바느질

바늘귀를 꿰는 일이
자꾸 어려워진다
실패를 거듭하다가
겨우 성공한다
바느질을 잘하려면
눈과 손의 호응이 필요한 것처럼
가정을 꾸리는 일
마음과 마음의 순응이 필요하다
세월이 흘러
크고 작은 가정사에
부부의 구분이 모호해졌다
귀 밝은 쪽이 문을 열고
눈 밝은 쪽이 바늘을 찾는다
하늘이 두 쪽 나도
불후의 서정시 한 편 써야지
어쩌고 하다가 허공을 쥔 손
세상 일은 결국
건강의 문을 잘 여닫는 일
나이에 맞는 행복의 옷을 고르는 일이다
오늘도 바늘귀 꿰듯
실패한 시를 지우고 또 쓴다

마음이 푹 들어가는 사람

원 플러스 원에 혹하여
작업복 바지를 샀다
길이를 줄여서 입어 보니
값에 비해 가성비는 괜찮은데
주머니가 얕은 게 흠이다
인터넷으로 샀으니
호주머니 깊이를 알 수 없었다
왜 그런지
주머니 속이 깊은 바지가 좋다
마음이 푹 들어가는 사람처럼
손이 넉넉히 들어가며
소지품 잃을 걱정을 안 해도 되는
주머니가 깊은 바지
요즈음
소중한 소지품 지니듯
잘 간수해야 할 말과 글을
함부로 흘리고 다녀서
조용해야 할 길거리가,
온 나라가 시끄럽다
내 말과 글도 마찬가지가 아닐지
걱정이다

창리항

바쁜 걸음 뒤로 밀려난 항구
갈매기들이 해바라기를 하고 있다
어선들이 주고받는 소리
나지막하다
봄바람이 불어도 쓸쓸한 창리항
오로지
'으랏차차'라는 낚싯배 한 척
재영호 옆에서 낮잠을 자는 중에도
으랏차차 일어서는 꿈을 꾼다
풍성했던 항구가 그리운 갈매기들은
배고픈 배우들처럼
습관적으로 대사를 외운다
객석은 텅 비었지만
화려한 공연의 꿈을 멈추지 않고
막이 오르기를 기다린다
행년호, 한양호, 해서호 같은
천수만에서 잔뼈가 굵은 어선들도
곧 가난을 털고
으랏차차 일어서는 꿈을 꾼다
가만히 있고 싶어도

혼자 삐걱거리는 배

자식 걱정하는 부모님 마음 같다

제2부

물고임석

수석은 잘 모르지만
정붙일 수 없을 것 같은
차가운 피부
파인 몸 한 곳에
물이 고인 돌을 보면
이슬 한 방울 고이듯
한 종지 외로운 마음의 물 고인다
가장 정직한 침묵의 언어로
돌은
자서전을 쓰되
절대 과장하거나
신분을 속이지 않는다
제 무게를 부정도 변명도
세탁하지도 않는다
식물은 물이 피
돌이끼 자라게 하는
물고임돌은
오늘도 이슬 한 방울 한 방울
자비의 물이 고이도록
몸 한구석 비워 놓는다

삼길포

몽돌 해변과 코끼리바위를
품속에 감추고 있는 황금산*과
봉수전망대가 있는 삼길산 아래
우럭으로 유명한 삼길포항
도다리는 덤으로 잡힌다
어떤 이는 횟감을 고르다가
인심도 한 접시 얻어먹고
어떤 낚싯배는 출항하면서
님도 보고 뽕도 따고 가라고
깃발을 흔든다
부두 한편에는
고장난 배들이 아랫도리를 드러낸 채
왕진을 기다리고 있는데
중요 부위가 생각보다 작다
저 큰 덩치를
저 작은 물건으로 밀고 파도를 타다니
작은 고추가 맵듯이
물속에서는 제 구실을 다 하는 모양이다
잠든 등대 밑에 정박한 어선들
썰물에 드러난 치부도 가리지 않고

흔들리는 부교 옆에서

출항 준비가 한창이다

몸은 육지에 묶여 있는데

마음은 벌써 뱃고동을 울리는 포구

삼길포항의 파란 쑥이

고개를 쑥 내밀고 손을 흔든다

* 황금산: 서산시 대산읍 독곶리(서산 9경 중 7경).

화두

TV를 보며 새벽밥을 먹는데
왼손 피아니스트가
은인 세 사람을 말하고 있다
심정지로 쓰러졌을 때 목숨을 건져 준
하숙집 아주머니
외팔로 다시 피아노를 치게 해 준
은사
그리고 새 삶을 살게 해 준
어머니

내 삶의 은인은 누구일까
본성이 부평초 같은 나는
늦은 결혼에
모아 둔 돈도 없이 시작한 살림
하나부터 열까지 아내의 손을 빌렸다

사회생활도 마찬가지
능력이 좀 모자라기에
초임 학교부터 정년까지
수많은 사람의 손을 빌려야 했다

\>

아내가 차려 준 새벽밥을 먹으며
오늘부터 날마다
은인이라는 말을 화두 삼아
하루를 열기로 한다
늦은 나이에
남의 은인 되기는 틀렸지만
그 뒤꿈치라도 되자

사전연명의료의향서

언어는 시대의 그릇
탄생과 소멸을 거듭한다
문병을 갔다가
사전연명의료의향서라는
낯선 문서를 작성하고 왔다
소나무는
죽을 때가 되면
솔방울을 잔뜩 매단다는데
훌륭한 열매를 많이 남긴 이들은
연명치료가 필요하겠지만
별로 내세울 결실이 없는 나는
죽을 때가 되면
종이 한 장처럼 가볍게 떠나자고
출생신고 하듯
문서에 자필 서명하고 돌아오는 길
새로 생긴 넓은 길가에
가로수가 반듯하게 치솟아 있다
곧 새순이 움틀 것이다
기축년 이월 초엿새
외할아버지와 같은 날인 내 생일날

침묵으로 겸상할 때면
늘 궁금했다
출생신고는 제대로 된 것일까

사망신고를 받는 그날까지
신나게 달리거라 자동차
미끈하게 자라거라 가로수

환자방

환자방이라는 말
집도 아니고 입원실도 아닌
병원 근처에서 대기하며
질병을 치료받기 위하여
임시 거처하는 곳

중병에 걸린 사람이
임시 거주하며 치료받을
환자방을 구하기 어렵다고 한다
생과 사의 경계에 이르러
마음 편히
치료를 받지 못하는 것은 슬픈 일
이런 현실을 외면하고 사는 것도
슬픈 일
이런 슬픔을 모르고 사는 행복도
슬픈 일
파국으로 가는 의료 대란은
더욱 슬픈 일

의술은 인술이라고 했는데

이해타산이 어른거리는
흰 가운에 가려진 현실
아픈 몸을 이끌고
응급실이나
환자방을 찾아 헤맨다는
환장할 현실이 슬프다

가시거리

가시거리가 이백 미터가 안 되니
감속 운행하라는 문자가
자꾸 온다
전방의 전봇대며 가로수가
보이다 말다
숨바꼭질을 한다
지난가을
악기를 함께 배우던 분에게
국화 모종을 얻어다 꽃을 피워
고맙다는 사진을 보냈는데
한동안 묵묵부답이더니
한 달쯤 후 그 배우자로부터
문자가 왔다
어제 삼우제를 지냈단다
문병을 갈 겨를도 없이
급하게 떠난 사람
활짝 핀 국화꽃 소식은
어디로 전해 주어야 하나
삶의 가시거리는 얼마쯤일까
한 치 앞을 내다볼 수 없는 인생

안개가 너무 짙으니

서행 운전 하라는 문자가

자꾸 온다

허굴산

산의 모습이
굴 안에 부처님이 계신 형상과 같아
찾아가 보니
부처님은 온데간데없고
빈 굴만 있더라는 산
산은 높지 않은데
소원의 탑은 많다
3월 중순
봄이 오다가 불심검문에 걸렸는지
아직 찬바람이 버티고 있는 산
계곡 물소리도 없고
법당도 없는 돌멩이뿐인 산에
속이 빈 탑을 쌓고 또 쌓아
소원 리본이 무성히 매달려 있다
부처님도
봄 축제 날짜를 잡기가 어려운
기후 위기의 시대
허불, 허굴이라는 남매견이
여행자를 반긴다
탑은 기단이 튼튼해야 오래가듯

사람은 다리가 튼튼해야 하고
나라는 지도자가 튼튼해야 한다
요즈음 사람 사는 길에
인간미 없는 말
남의 약점을 잡아내는
단속 카메라가 너무 많다
가난해도 우애롭게 사는
가슴이 따뜻한 안내견
허굴이 허불이 같은
그런 착한 남매견은 없을까

이식

대추나무 한 그루를 옮겨 심었다
심은 지 오래되었는데
수세가 부실해서
늘 마음이 편치 않던
그늘 같았던 나무

비 그친 봄 녘
불현듯 삽을 들었다
큰일이든 작은 일이든
매사 결단은 어렵고
실행은 더 어렵다
초심을 바꾸려면
오랜 기간 뜸을 들여야 한다

좀 더 편안한 자리로
나무를 옮겨 심고 나니
열매 기대는 차치하고
마음이 홀가분하다

산소의 사초나 이장도

집안에 드리워진 음의 기운

마음의 그늘을 벗어나고 싶어서가 아닐까

살아가는 모든 일

처음부터 터를 잘 잡을 일이다

땅거미

비가 내리는 날 땅거미는
쓰다가 지운 문장처럼
비에 묻어 스멀스멀 기어서 온다
빗소리 속에
포스트잇처럼 슬쩍 끼어서 온다
비안개 옷자락에 묻어서 온다
등에 지고 온 짐을 부리고
빈 지게로 홀가분하게 온다
바람을 되새김질하며
혼잣말로 어슬렁거리며 온다
대문을 걸어 잠가도 부진부진
스무고개 풀듯 미궁으로 온다
연고가 없어도 교묘하게
도둑처럼 엄습한다
이웃 갑장 죽음을 맞이하듯
서느렇게 온다

새벽을 열며

새벽은
'동쪽의 밝음'이니
하루를 여는 창窓이며
한번 지나가면
다시 돌아오지 않는
시간의 창槍
창문은 맑을수록 좋고
창검은 예리할수록 좋다
오늘 하루
맑은 창처럼 살고
오늘 하루가 마지막 날인 것처럼
시간의 창을
잘 벼리며 살자

한탄강

눈 대신 비가 오고
얼음이 녹아 물이 된다는 우수
비도 오시고
얼음도 다 녹았는데
꽁꽁 얼어붙은 동토
풀리지 않는 강이 있다
같은 땅
한 줄기 강 사이에
가로질러 잠긴 빗장
우수가 되어도
우수가 우수수수 지나가도
풀리지 않는다
철새도 한곳에 머물러 살면
텃새가 되고 친구가 된다
기러기 떼
좌우 가리지 않고 한 팀을 이뤄
자유롭게 날아간다
하늘에는 아무런 빗장도
비무장지대도 철조망도 없다
아, 한탄강

강은 흘러도

마음은 절벽

오늘도 침묵으로 흐르는 강

고임돌

따뜻한 세상을 꾸미려고
둥글납작한 돌을 찾다가
빈손으로 돌아왔다
화분 밑에 고일 적당히 납작한 돌
기울어진 세상을
똑바로 세워
한 송이 꽃다운 꽃을 피울
고임돌로 쓸
납작한 돌을 찾다가
그냥 돌아왔다
할 수 없이
내가 기울어지기로 했다
기울어진 세상을
바로 세울 능력도 없고
바로 세울 고임돌도 구하지 못했으니
이가 없으면 잇몸으로 살듯
내 몸이 기울어져
고임돌이 되기로 했다
기울어진 몸으로
스스로 납작한 돌이 되어

기울어진

화분이나 하나 고이기로 했다

하조대 가는 길

우리나라에서 제일 길다는
인제 양양간 터널
입구에서 출구까지 10킬로를
구간 단속 제한 속도로 달려도
7, 8분이면 주파한다
조선의 개국공신 하륜과
조준이 만났다는
하조대 가는 길
두 친구가 교우하던 그 시절에는
곰이 하늘로 배를 드러내고 누웠다는
곰배령을 넘는데
나절가웃은 더 걸렸으리라
아 하조대
그 돈독한 우정으로
먹을 갈고 붓을 찍어
저리 아름다운 산수화를 그렸을까
벼랑 끝에 선 소나무
벼랑을 의지하고
소나무에 기댄 벼랑
소나무를 의지하며

우의의 팔로

천년을 품고 있더라

마애불 같은 우정의 징표

절벽에 새겨져 있더라

섬

섬은 점點
누군가 외로워서 찍어 놓은
심심한 점
바람에 사철 표류하는
첫사랑 같은
지워지지 않는 점

섬은 목숨
섬섬옥수로 수놓은
수틀 속에서 천년을 숨 쉬는
목숨 수처럼
바다 가운데 홀로 숨 쉬며
파도를 넘고 넘어 오래오래
장수하는 목숨

섬은 발자국
누군가 수평선을 향해
한없이 걸어가서
돌아오지 않는 발자국
가슴에 찍힌

영원한 짝사랑의 흔적

섬은 발
세상의 출발점
갈매기 알 낳고 품는
사랑의 보금자리
사랑의 높이를 재는 기준
내 사랑의 고도는 얼마나 될까

섬은 배
바다에 닻을 내린 배
머무는 중에도 항상
닻을 올리고 떠나는 꿈을 꾸는
멍텅구리 배
늘 가슴 설레게 하는 바다가 있어
정박한 배가 출항을 꿈꾸듯
섬은 유랑을 꿈꾼다

길 위의 인생

명절 전후나 휴가철
대목 보는 사람은 따로 있다
길이 막히면
어김없이 간식거리를 들고 나타나는
길 위의 인생
시장기도 해결해 주고
답답한 마음도 잠시 달래 주는
메뉴도 가지가지
이리 뛰고 저리 뛰며
대목장을 본다
고달픈 만큼 수입이 따라 줄까
모두 현금이고
임대료도 없지만
고향을 상실한 삶
휴가도 못 가는 이들의
막힌 팔자를 펴기에는 역부족이리라
정체가 심할수록 매상이 오르는
행복의 빛과
불안의 그림자가 교차하는 노상
반짝 서는 대목장이

막힌 인생길

숨통을 트게 했으면 좋겠다

주차료가 필요 없는

주차장 같은 길 위에서

야구 중계를 듣고 있는데

역전 안타의 함성이 울려 퍼진다

병풍을 펼치며

설날 병풍을 펼치다가
넘어질 뻔했다
만약 넘어졌다면
살아 있는 내가
병풍 뒤에 눕게 되었을 것이다

병풍의 한쪽은 잔치용
한쪽은 제사용이니
생과 사가
병풍의 앞과 뒤처럼 가깝다

병풍은
활짝 펼쳐서 세우면 쓰러진다
약간 덜 핀 상태로 세워야 한다
인생도 그렇다
너무 성급하다가 쓰러진 사람
더러 보았다
인생은 병풍 같으니
적당히 펼치고
똑바로 서서 살아야 한다

제3부

면회

얼마 전 요양원에 계신
장인어른 면회를 갔다가
뵙지 못하고 왔다
예약 면회 제도를 시행 중이라고
현관 앞에서
문전박대를 당한 것이다
평생 코리안 타임이 몸에 밴 어른들이
사시는 곳에도
예약 문화가 일상화된 모양이다
하기는
임종 면회라는 말도 있다는데
중환자실
마지막 임종도 예약이 필요한 시대
이제 사랑도 미움도
그리움도
생명 줄로 연결된 죽음까지도
예약이 필요한 때가 왔다
어쩌면
시대에 뒤쳐진 추억의 언덕
고향으로 향하는 시심도
사전 예약이 필요할지 걱정이다

연

공원에 연이 떴다
남풍을 타고
부드럽게 하늘을 유영한다
먹이를 찾아 지상을 조망하는
의연한 솔개 같다
연은
끈 달린 자유요
길들인 매다
연줄을 풀고 당기며 즐기고 있는
젊은 연인 두 사람
사랑은 줄다리기라고 했으니
사랑의 줄
적당히 풀고 당기며
오늘처럼
인생을 즐겼으면 좋겠다
앞날이 저 연처럼
훨훨 날았으면 좋겠다
꼬리를 흔들며
바람 타고 잘 뜨는 연은
적당한 상승기류가 필요하다

사랑은 식으면 추락하노니

오늘 같은 사랑

그 연의 끈이 영원하기를

아파트와 삽

대단지 아파트 앞
손바닥만 한 공원 옆에
목적도
출처도 알 수 없는 삽 한 자루가
비스듬히 꽂혀 있다
주소를 여러 번 옮기다가
본적지마저 훼손되고 만 저 삽
논과 밭을 잃고
늘그막에 아파트 그늘에서
무슨 반전을 도모하다가
저리 노숙 신세가 되었을까
세월이 흘러 흘러
상전벽해가 된 땅에
뜬금없이
무슨 심경心境을 파종하며
무슨 미련을 심경深耕하고 싶은가
아파트 우거진 숲속에
허리 굽은 눈물 한 삽을 퍼
어떤 습한
흙냄새를 일구고 싶은가

며칠째

목적지를 까먹은 듯 비스듬히

생각에 잠긴 삽 한 자루

이우지

돌아가신 어머니는
이웃을 이우지라고 하셨다
해가 짧은 겨울이면
늦은 아침, 이른 저녁으로
점심을 거르던 시절
아버지 눈치를 보아 가며
이웃과
음식 이우지를 하셨다

이웃을 천천히 발음하면
이우지가 되고 정이 붙으매
내가 이만큼 사는 것
모두 어머니의 이우지 음덕이다
무덤도 오래되면
서로 이우지가 되매
아마 저승에서도 어머니는
이런저런 이우지를 하고 계실 것이다
이승과 저승을 떠나
이우지란 말이 그립다

\>

우리 집 울타리 안 단감나무
해마다 여러 접 감을 매달아
홍시 이우지를 한다
내가 심었지만
어머니의 현신이다

곰팡이 꽃

만난 지 오래된 친구야
우리 사이에
곰팡이가 피었구나
곰팡이는
잘 익었다는 뜻
익을 만큼 익어서
꽃이 피었다는 이야기
어제를 지나온
고택 기왓골 와송같이
오래 묵은 후에 피는 꽃
우리가 만나 빚은 저 누룩
곰팡이가 피었으니
아마도
곧 맑은 술 한잔 나누리

양념 묻힌 말

주례사와 잔소리는
짧을수록 좋고
강의는 적당히 양념을 쳐야
지루하지 않다
내가 만난 떡 제조 장인은
친근한 언변에
고물을 적당히 묻혀서
말맛이 있다
결혼한 지 몇십 년도 넘었다는데
지금도 남편을 보면 설렌다니
자기 정신으로 떡을 만드는지
의심스럽다
떡도 덕으로 가르치는
고소한 양념 묻힌 말
물을 적당히 주고
차지게 절구질한 사랑은
유통기한이 없다

명당

집은 남향 동문이라는데
묘지 방향은 어디로 향하는 게 좋을까

우리나라 대표적 풍수 연구가가
엊그제 별세했는데
최고 대학교수 자리도 그만 두고
전 생애를 실용풍수 정착에 바친 분답게
명당에 묻히지 않고
시립 승화원에 봉안된다고 한다

그의 말대로
빌딩은 산
도로는 물로 보는 것도
배산임수라는
전통의 틀을 깨는 일

지형을 인위적으로 훼손하지 않고
자연과 망자가
조화를 이룬 자리에 영면하게 되었으니
실용풍수를 연구한 학자답게

현재 몸담고 있는 자리
그곳이 바로 명당이라는 이론을
죽어서까지 몸소 실천한 셈이다

결국
명당은 따로 있는 것이 아니라
스스로 만들어 가는 것이 아닐까

일모도원 日暮途遠

꽃집에서 본
난 한 촉
마음을 쿵 내려앉게 한다
라디오에서 들리는
노래 한 곡
마음이 쿵 내려앉는다
마음을 쿵 내려앉게 하는
그림 한 점처럼
볼 때마다
내 마음을 쿵 내려앉게 하는
그대
오늘도 그대를 생각하며
신발 끈을 고쳐 맨다

의자

당진 영덕 간 고속도로를 달리다가
들어간 휴게소
많은 차들이 쉬고 있다
의자도 없이
서서 자는 말처럼
고달픈 장거리 경주를 잠시 멈추고
숨을 돌리고 있다
차 앞에도 차
뒤에도 차
옆에도 차
바퀴 앞에도 바퀴
옆에도 바퀴
뒤에도 바퀴
바퀴가 편안히 쉴 수 있게
큰 의자라도 있으면 좋겠다
저 많은 말
저 많은 바퀴들이
편안히 쉴 수 있도록
영덕 앞바다같이 넓고 잔잔한
의자가 있으면 좋겠다

식물인간

우리 장모님은
콧줄로 생명을 연장하며
꽃눈만 살아 있는 식물처럼 사시다가
고사되셨다
돌아가시기 얼마 전
딸들이
큰 병원으로 모시자고 하는 걸
내가 가로막았다
의사도 아닌 내가
맏사위라는 권력으로 전원을 막았다
파킨슨병과 중증 치매로 누워 지내는 환자
그 환자를 간호하는 간병인을
돌보는 아내의 모습을
오래 지켜보았기 때문이다
식물의 언어를 알아듣지 못하는 내가
잘한 일인지 못한 일인지
지금도 확신이 서지 않는다
화초류 중에
나는 수국을 좋아한다
내 말을 고개 수그리고

알아듣는 것 같은 수국
수국의 말을 고개 수그리고
알아들으려 애쓰는 나
돌아가신 장모님처럼
추운 겨울에도 눈이 초록초록 살아 있는
식물인간 같은 수국을
나는 좋아한다

문

앞으로 당기는 문, 미는 문
밀고 당기는 문
접이식 문
초인종을 눌러도
열리지 않는 문
스물네 시간 뉴스를 송출하는
방송국에 근무하던 중년 사내
한 겨울
술 먹고 자정이 넘어 귀가했는데
화가 난 아내가 문을 열어 주지 않는 바람에
만취한 상태로 문 앞에서 잠들었다가
동사했다고 한다
문단 앞에서
아사 직전인 내게 열어 준
시인의 문
낮밤 안 가리고 두드려도
군소리 없이 침묵으로
따뜻이 열어 주는 문학의 문
오늘도 새벽 네 시에
두드렸더니

두말없이 열어 준
고마운 문

당신

안 형
당시唐詩 읽어 봤어요?
나는 몇 번 읽고
또 읽고
지금은 개정판을 읽고 있어요
정지용 시인이 그랬어요
시는
당시로 끝났다
당시의 당唐 자를
언제 읽었는지
읽었는지 안 읽었는지도
기억을 못하는 당진唐津 촌사람에게
추상같은 죽비를 내리치시는
당신*

* 당신, 나태주 시인.

주먹구구 인생

불과 물이 만나면
집안 꼴이 어떻게 될까
소싯적부터
주먹구구인 나와
매사 손구구인 아내는
엇박자로
고생을 달고 살다가
귀동냥으로
마누라라는 말은
'마루 밑에서부터 예를 갖춘다'
라는 뜻임을 풍문으로 들은 뒤부터
불의 쓰임새를
좀 바꿔 보기로 했다
불에는
타는 불도 있고
어둠을 밝히는 불도 있고
꺼진 불도 있으며
상처 난 마음을 안아 주는
따뜻한 이불 같은 불도 있으니까

눈향나무

이 나이 먹도록
눈향나무를
눈[雪] 향으로 알고 살아왔다니
당신
머리카락 희끗해지도록
문단에 제대로 된 명패를 내밀지 못한
무명이 마땅하다
온갖 악조건 속에서
평생 불평 한마디 없이
꿋꿋하게 누워서 자라는
눈향나무처럼
절개지든 바위 틈이든 가리지 않고
자생할 틈을 찾아보기는 했느냐
키 큰 나무 그늘 밑에 깔려
평생을 살며
온갖 척박과 냉대
땅에 떨어진 자존을 견디며
묵묵히 갈지자로 성장하는
저 눈향나무처럼
위만 보지 않고

옆으로 옆으로 기어가 본 적 있느냐
버려진 음지는 모두 네 땅으로 착각하고
기어서라도
멀리멀리 낮은 포복으로 가라
네 삶의 체급을 인정하고
쉬지 말고 줄기차라
그것만이 유일한 살길이다

외상

말 한마디가
카드도 긁지 않고
외상外上으로 기쁠 때가 있다

성장盛粧한 아주머니가 버스를 타고
카드를 댔는데
'잔액이 부족하다'는 멘트가 나와
얼굴이 홍당무가 되었다
버스는 이미 출발한 뒤라
안절부절못하고 있을 때
운전기사가 말했다

외상外上도 됩니다!

엉거주춤 자리에 앉은 아주머니
한참 소지품을 뒤적이더니
미안하다는 말과 함께
몇 푼인가
동전을 꺼내 요금함에 넣는다

\>

그날 승객들 모두

외상으로 기뻤다

아마도 하루 종일

외상으로 기뻤을 것이다

싸고 좋은 물건

먹고살 만하면 시를 쓰라고
이생진 시인은 말했는데
먹고살 만한 죽마고우 셋이서
술 한잔 나누다가 언쟁이 붙었다
이 세상에
싸고 좋은 물건은 절대로 없다
시장에서 잔뼈가 굵은 친구가 단언을 하자
백묵 장사에 평생을 몸담은 친구가
그런 물건도 있다고 우긴다
자유시장경제 원리에 통달한 듯
이마가 시원하게 벗겨진 다른 친구는
말없이 빙그레 웃으며
연신 술잔만 권한다
상품을 사는 사람과 파는 사람 사이에
심리적으로 겨루는
저 사소하고 영원한 언쟁에
시장경제 원리가 개입하면 안 된다
민주주의 사회에서는
그저 매도자와 매수자의 의사를 존중할 뿐
스스로 발품을 팔게 내버려두면 된다

국부론을 읽어 보지 않고도
혼자 웃는 사람은
늘 따로 있게 마련이다
남보다 실물경제에 밝아
부동산을 몇 배 튀겨 먹고살 만해진 사람
싸고 좋은 물건을 구매해서
실제 이용해 먹어 본 사람만
그 심오한 이치를 안다

졸혼

어느 연기 잘하는 탤런트가
졸혼을 했다고 한다
다사다난한 결혼 생활을
잘 수료한 모양이다
나는 꿈도 꿀 수 없다
학점이 아주 나쁜
유급 인생이기 때문이다
식구보다 친구
집안일보다 밖의 일
글보다 술
그놈의 체면과 의리 때문에
결혼 초부터 지금까지
흘린 학점이 부지기수
재수강도 여러 번이다
시간이 지나 철이 들었는지
바늘귀도 꿰어 보고
걸레질도 해 보고
시장 짐꾼 노릇도 해 보지만
백약이 무효

졸업 학점에 한참 미달이다

졸혼은 꿈도 꿀 수 없다

제4부

감나무

감나무에

주렁주렁 매달린 감을 바라보며

하루 이틀 사흘을

둥글게 둥글게 익다

가을볕에 잘 여문 감을 바라보며

하루 이틀 열흘을

빨강과 노랑으로 잘 버무려

발그레한 애기 볼따구로 물들다

심은 사람이 미안할 만큼

해마다 허리 휘게 열리는 감을 바라보며

어린 묘목을 심던 초심을 찾아

하루 이틀 닷새 달포를

가을의 언저리에서 서성거리다

절주배節酒杯

비 내리는 날 연지蓮池에 가면
하늘 아래 가장 큰
절주배節酒杯를 볼 수 있다
분에 넘치면 스스로
비우고
또 비우는 잔

비가 내리는 날이면
수궁 신료臣僚들의 연회가
수상에서 열리는데
이 우주회雨酒會의 공식 건배주는
연엽주蓮葉酒
잔은 연잎이다

흰뺨검둥오리들이
빗속에서 가무로 흥을 돋우면
권커니 잣거니 분위기 무르익어도
지구의처럼 비스듬히 누운 잔은
절대 넘치지 않으며
양이 많을 경우

잔이 자동으로 기울어진다
절주배 표면은
나노기술로 코팅이 되어
술기운 흔적도 안 남긴다

주사를 부리면 콕 찍어 내겠다는 듯
수초 사이에 외발로 선 백로
긴 부리 창처럼 겨누어
행여 주사酒邪라도 부리는 이가 있을까
좌중을 노려보고 있다

잔소리

한 치 건너 두 치라는데
내가 목숨줄을 놓으려 할 때
누가 가장 안타깝게
그 끝을 잡고 있을까

어떤 이는
너무 이른 나이에 놓고 말았을
어떤 이는
아무 준비도 없이 황망하게 놓고 말았을
어떤 이는
있는 정 다 떨어지도록 병치레하다가
놓고 말았을
그 줄

부모님 돌아가시기 전
미리 알았더라면
좀 더 부여잡고 있었을
그 마지막 줄

고향 친구들 부고 문자를 받는 즈음

그 언저리에 도달해서야
비로소
잔소리가 몸에 밴
강마른 아내의 얼굴을 바라보며
한 가닥
낡은 목숨줄 고쳐 매려니
흐르는 식은땀

정신머리

요즈음
정신머리가 없다고
아내가 혼잣말을 자주 한다
말을 안 했을 뿐이지
정신머리 없기는
나도 마찬가지다

주변머리, 소갈머리
얌통머리, 인정머리
버르장머리 같은 것은
있어도 없어도
먹고 사는 데 별 지장이 없지만
잠시라도
자리를 비우면 절대 안 되는
정신머리

그동안 정신없이 살아왔으니
이제
오락가락하는 정신머리 때문에
골머리를 앓지 않기로 하자

정신머리가 없다는 것은
잘 있던 정신이
자리를 비웠음을 안다는 뜻이니
어찌 보면
그만도 고마운 일 아닌가

시혼詩魂을 입원시키다

무릎 치료를 위해 입원하던 날
통합 병동 508호 4인실에
고장난 내 시혼詩魂도 입원시켰다

요행 화타華佗 같은 신의神醫를 만나
무릎도 고치고
고사된 시심詩心도 되살릴 수 있을까

인공관절 수술이 끝나고
마취에서 깨어나 난생처음 겪는
살 떨리고
뼈가 우는 통증을 견디며
내뱉는 흰소리
다시 걸음마를 배우듯
아장아장 시를 쓸 수 있다면
한 번쯤 경험해 볼 만한 일

병상에서 지나온 길 되돌아보니
허물어진 참호 속에
노병이 총 한 자루 수입手入하고 있다

이제 새로운 탄착彈着을 위해
낡은 무기를 버리고
참먹을 갈아야 할 때

마음을 비운 사수射手처럼
시 한 편 사수死守할 요량이라면
비록 서맥徐脈에 과작寡作이지만
인공심장박동기에 의지해서라도
스러져 가는 묵향의 심지를 돋우리

공원 저수지에서

생각은 오래 할수록
무거워질까, 가벼워질까
생각은 오래 할수록
한쪽으로 기울까, 중심을 잡을까

날마다 찾아가는 저수지에
날마다 날아오는 백로와
왜가리 몇 마리
미술 실기실 모델처럼
정지된 포즈를 취하고 있다

누구 포즈가 더 예술적일까
누구 포즈가 더 우아할까
내기를 하는 듯
약속이라도 한 듯
미동도 없이 수면을 응시하고 있다

내 발걸음은
백로와 왜가리의 심중에 미치지 못하고
흰뺨검둥오리처럼

저수지 변두리를 서성거릴 뿐이다

생각은 오래 할수록
어두워질까, 밝아질까
중심에 가까워질까
멀어질까

사직서

고등어구이집에 갔다가
장롱 운전면허증 같은
아버지라는 지위와 직책
자진하여 사직서를 써 놓고 왔다

맞은편 자리에 앉은
아주 새파란 아버지 한 사람
육아휴직 중인지
서너 살 먹은 딸에게
고등어구이를 발라서 먹이고 있는데

초보 운전자가
낯선 길을 가는 듯
그 조심성
그 자상한 눈빛
그 눈높이

내가 가지고 있는
딱딱한 이방연속무늬 같은
사방이 꽉 막힌 아버지라는 자리

아무도 모르게

아내도 모르게

슬그머니 사직서를 써 놓고 왔다

개망초

꽃과 잡초 사이에서
지청구만 먹다가
들판에 내팽개쳐진 채로 핀
서러운 꽃
개망초가 지천으로 피었다

운전을 하다가 언뜻 보니
개망초가 만발한 언덕에
한 여인이 꽃을 꺾고 있다

곱다
불안돈목佛眼豚目이라는데
개망초로 꽃다발을 만들어
꽃으로 대접해 주는
개망초 여심

경이롭다
개망초로 꽃다발을 만드는
그 마음
개망초를 아름다운 꽃으로

다시 태어나게 한
개망초 여인

허리가 휘다

작년에 전지를 해 준 블루베리
열매가 많이 열려
허리가 휘었다

자식들이 매달린 부모처럼
허리가 굽어
땅에 닿았다

아름다운 완성을 향해 가는
저 허리가 구부러지는 여정

잘 익은 블루베리를 따 주니
굽었던 허리가
조금 펴지는데

한번 굽은 부모님 허리는
고난의 활대처럼
자식들이 잘 익어 떠난 뒤에도
좀체 펴지지 않는다

>
휘어져도
부러져도 괜찮다
여무지게 자라고 실하게만 익거라

병가지상사病家之常事

연일 계속되는 폭염 속에
고향 친구의 부고가 왔다
생전에는 갈 수 없는 먼 나라 여행을
오늘 떠났다고 한다
언제부턴가
동년배는 물론
가까이 지내던 선후배들의 승천 소식이 들려도
그저 덤덤하다
아픈 이별의 펀치를 여러 번 맞아
맷집이 생긴 모양이다
지구를 떠나
우주를 여행하는 기분은 어떨까
은하수는 지상에서 바라보듯
아름다울까
근심과 걱정이 없는 별천지 세계일까
우주선을 타고 단 3일간 관광하는 비용이
2억 달러나 된다는데
기간이 정해지지 않은 사후의 여행 경비는
금액을 산정할 수 없으리라
다행히

지상으로 다시 돌아오지 않는
조건부 편도 여행비는
하느님이 탕감해 주시는 모양이니
노잣돈 걱정은 하지 말고
기왕 떠나야 할 여행이라면
정신이 말짱할 때
제 발로 걸어서 갈 수 있을 때
훌쩍 떠나면 좋지 않을까
죽마고우의 부고는
나도 불원간 받게 될
반품 불가의 여행 예매표인 셈이다

발치

치과에서 발치를 한 다음
처방전을 들고 약국으로 향하는데
통로 입구 술집 외벽에
'오늘 마셔야 할 술을 내일로 미루지 말라'고
쓰여 있다
지혈 거즈를 꽉 물고 있는 와중에도
픽 웃음이 터진다
이백 퍼센트 맞는 말이다
철모르고 허랑방탕하던 시절
각종 염증을 유발하는 술을
내일로 미루지 않고 연일 퍼질러 마시다가
윗니 아랫니 4개씩 여덟 개를 잃고
오늘 또 하나를 뽑았으니
내가 산증인이다
어릴 적 방학 숙제 미루듯이
오늘 마실 술을 내일로 미루지 않고
사흘이 멀다 하고 충실히 마신 공로이니
모두 자업자득이다 누굴 탓하랴
오늘 마셔야 할 술을 내일로 미루지 말라

언제나 악마의 말은 달콤하고
천사는 멀리 있다

뼛속까지

감자탕집에서
옛날 고향에 살던 어떤 불효자처럼
체면 불고하고
붙어 있는 살점, 마디마디 연골
문전옥답에 천수답까지
속속들이 빼 먹다
한 테이블 건너 두 사내
창가에 앉은 젊은 부부
시끄러운 외국인 근로자 몇몇
나이, 성별, 국적 불문
짐승처럼 일심동체로
뼛속까지 발라 먹다
뼛속까지 발라 먹었으나
옛날 고향 불효자처럼
대대로 내려오던 선산을 저당 잡혀
문중 뿌리까지 탕진하지는 아니했다
아니다
부모님은 나에게
있는 정성 없는 재산
다 발라 주셨으니 나도 그 화상처럼

평생 노동勞動에 지친 육친의

등골까지 빼 먹은 셈이다

내리막길

눈길을 걷는다
굴곡진 인생사처럼 얼었다 녹았다
사방이 살얼음판인데
공원 입구 내리막길에서
아이들이 비명을 지르며 눈썰매를 탄다
눈 위를 미끄러지기는
비탈진 곳
경사가 급할수록 좋다
이 골목 저 골목
밀고 끌고 뒹굴고 넘어지고
야단들이다
목소리, 웃음소리가
나뭇가지 위에, 전깃줄 위에
소복소복 내려앉는다
인생의 내리막길도
저처럼 즐거울 수는 없을까
이참에 플라스틱 눈썰매 하나 장만해?
쓸데없는 생각을 하며 걷다가
인생의 내리막길은
미끄러지지 않는 것이 행복이라고

혼자 웃는다

지구는 둥글다

흙으로 만든 커다란 공이

눈으로 덮였는데

미끄러지지 않고 사는 게 다행이다

자의 반 타의 반

따스한 온돌처럼
따스한 사람을 좋아하는 아내와
각방을 쓰게 되었다
이제 나는 따스한 사람이 아닌 것이다
무릎 수술로
침대 생활을 하게 되었으니
말하자면 자의 반 타의 반이다
세상사 모든 결과結果라는 것도
실은 자의 반 타의 반이 아닐까
감나무에 주렁주렁 열린 감이
따스하게 익어 간다
지난여름 장마에 반은 떨어지고
반은 용케 살아남은 것들이다
떨어진 감이
자의로 떨어진 것일까
세상에
온전히 혼자의 힘으로 이루어지는 것들이
어디 있으랴
햇빛과 바람과
잘 익기를 바라는 시선, 그 무엇들

요즈음

자의로 하는 일보다

타의로 하는 일이 자꾸 많아진다

세상에 온전히 자의로 이루어지는

결실이 얼마나 될까

인연

책을 읽다가 보면
마음에 달라붙는 글귀가 있다
문득 떠오르는 시상이 있다
자다가 등이 따스해서 돌아보니
반려견 초롱이가 등을 대고
코를 골며 곤히 잔다
어쩌다 모로 누우려고
서로 몸이 떨어지기라도 하면
마음에 착 달라붙는 글귀처럼
다시 가까이 다가와 등을 들이댄다
산골짜기에서 들판으로
들판을 지나 먼 지평선으로
무심히 지나가는 바람처럼
서로 멀리 떨어져 살다가
어쩌다 종이 다른 우리는
원형 교차로처럼
돌고 돌아가는 세상사에 무슨 인연으로 만나
한 방을 쓰게 되었을까
시도 때도 없이 달라붙는 시처럼
평생의 반려가 되었을까

가까운 곳에 있다가 조금 멀어지면
다시 등을 들이대는
어쩌다 우리는
접속사도 필요 없고 마침표도 필요 없는
짧고 단순한 문장같이 달라붙는
그런 사이가 되었을까

종친회 가는 길

버스 정류장에서
1학년쯤 되어 보이는 아이와 둘이서
버스를 기다리고 있는데
스스럼없이 말을 건다
할아버지도 학교 가세요?
암, 나도 학교 가지
어떤 학교요?
종친宗親 학교
우리 학교는 종 안 치는데……
응, 우리 학교는 지금도 종을 친단다

스쿨버스가 오고
선생님 두 분이 내리더니
안녕, 한 분은 발열 체크
안녕, 한 분은 세정제를 손에 뿌려 주고
조심스럽게
꼬마를 모시고 간다

혼자 남아 쓸쓸한데
저만큼

운행종료라고 쓴 버스가 오더니
손님만 하차시키고 휑 가 버린다
종친회 가는 버스는
종을 쳤는지 아직도 감감무소식

내 운행을 종료할 버스는
지금 어디쯤 오고 있을까
내 운행을 종료할 정거장은
얼마나 남았을까

밥값

파지破紙 중에도
재생 불능한 파지가 있듯
글 중에도
아무 쓸모없는 글이 있다
우리 집에
가끔 유모차를 밀고 오시는
파지 할머니
밥값이라도 해야 한다며
아무리 불러도 대답이 없는 귀로
세월을 단단히 허리에 묶어
유모차에 가득 실린 파지를
굽은 등으로 밀고 가신다
밥값을 해야 한다며 쓴 내 글이
밥값도 못하는 인생이
오물 잔뜩 묻은 파지 같아서
할머니 앞에 그저 미안하다
이 세상 이름 중에는
밥값도 못하는 이름
재활용할 수 없는 이름도 있다

해 설

사랑의 자리

차성환(시인, 한양대 겸임교수)

　안홍열 시인은 삶의 유한함에 맞서 사랑의 자리를 꿈꾸는
자이다. 그의 말대로 인간은 모두 "고향을 상실한 삶"(「길 위의
인생」)을 살아간다. "한번 지나가면/ 다시 돌아오지 않는/ 시
간의 창槍"(「새벽을 열며」) 앞에서 인생은 한순간의 꿈처럼 흩어
져 버린다. 부평초와 같이 정처 없이 떠다니는 삶을 붙잡을
수 있는 것은 무엇일까. 시집 『멍텅구리 배』에는 인생의 허무
를 견뎌 내고 존재의 의미를 찾기 위한 시인의 분투가 기록
되어 있다. 그는 거친 세상 한복판에 사랑을 품을 수 있는 자
리를 마련한다. 시인에게 시 쓰기는 사랑을 품는 일과 동격
이다. 그렇기에 그는 매일 "죽어가는 시를 살려 보려고/ 안
간힘이다"(「승어부勝於父」). 시인이 깨달은 시詩의 자리, 사랑의
자리에 가닿기 위해서는 죽음이라는 관문을 통과해야 한다.

가시거리가 이백 미터가 안 되니

감속 운행하라는 문자가

자꾸 온다

전방의 전봇대며 가로수가

보이다 말다

숨바꼭질을 한다

지난가을

악기를 함께 배우던 분에게

국화 모종을 얻어다 꽃을 피워

고맙다는 사진을 보냈는데

한동안 묵묵부답이더니

한 달쯤 후 그 배우자로부터

문자가 왔다

어제 삼우제를 지냈단다

문병을 갈 겨를도 없이

급하게 떠난 사람

활짝 핀 국화꽃 소식은

어디로 전해 주어야 하나

삶의 가시거리는 얼마쯤일까

한 치 앞을 내다볼 수 없는 인생

안개가 너무 짙으니

서행 운전 하라는 문자가

자꾸 온다

—「가시거리」 전문

138

뜻하지 않은 부고 문자에 잠시 일상이 정지되는 경험을 할 때가 있다. 우리 인생의 "가시거리"는 얼마나 될까. 시속의 '나'는 도로에 "안개"가 많이 껴서 운전 중에 전방의 시야가 확보되지 않아 조심스럽게 운전하는 중이다. 핸들만 살짝 잘못 꺾어도 인생에 위협이 될 만한 "전봇대며 가로수"가 도처에 도사리고 있다. 이 어려운 상황에 "문자" 하나가 들어온다. 사연인즉슨 시인이 "지난 가을/ 악기를 함께 배우던 분"이 한동안 소식이 없었는데 그사이에 돌아가셔서 "배우자"가 어제 "삼우제"를 지냈다고 대신 문자를 보내온 것이다. 그 돌아가신 "분"이 생전에 '나'에게 선물한 "국화 모종"이 "꽃을 피워/ 고맙다는 사진을 보냈는데" 답장이 오지 않아 궁금했던 차였다. '나'에게 "국화 모종"을 주고 "한 달" 만에 죽음에 이른, "문병을 갈 겨를도 없이/ 급하게 떠난 사람"이 안타깝다. '나'는 "활짝 핀 국화꽃"의 아름다움을 볼 수 없는 그 "사람"을 떠올리면서 먹먹함을 느낀다. 그리고 지금처럼 시야가 나오지 않는 도로의 운전이 곧 "한 치 앞을 내다볼 수 없는 인생"과 다름없다는 사실을 깨닫는다. 시인은 다른 시에서 "병풍의 한쪽은 잔치용/ 한쪽은 제사용이니/ 생과 사가/ 병풍의 앞과 뒤처럼 가깝다"(「병풍을 펼치며」)고 읊는다. 하루아침에 죽음으로 사라지는 생生의 유한함 앞에서 우리는 어떻게 살아야 하는가.

　시 「가시거리」에서 주목해야 할 부분은 선물 받은 "국화 모종"을 시적 화자가 "꽃"으로 피워 냈다는 것이다. "국화꽃"이 "활짝" 피었기에 그 "사람"의 죽음이 더 비극적으로 여겨진다. 그러나 "국화꽃"에는 '나'의, "꽃"을 피우기 위한 기름의 노력이 그 안에 응축되어 있다. 그 "사람"이 건네준 "국화 모종"에 대한 '나'의 응답은 "꽃"의 피움이다. 그것은 우리가 서로에게 할 수 있는 최선의 방법이다. "한 치 앞"을 알 수 없는 것이 인생이지만 그 안에서 최선을 다해 서로에게 응답하는 일이다. 우리는 허무를 이겨 내기 위해 삶을 "국화꽃"을 키우는 시간으로 채운다. 시인은 "국화꽃"이 피는 자리를 지킨다.

따뜻한 세상을 꾸미려고
둥글납작한 돌을 찾다가
빈손으로 돌아왔다
화분 밑에 고일 적당히 납작한 돌
기울어진 세상을
똑바로 세워
한 송이 꽃다운 꽃을 피울
고임돌로 쓸
납작한 돌을 찾다가
그냥 돌아왔다
할 수 없이
내가 기울어지기로 했다
기울어진 세상을
바로 세울 능력도 없고
바로 세울 고임돌도 구하지 못했으니
이가 없으면 잇몸으로 살듯

내 몸이 기울어져
고임돌이 되기로 했다
기울어진 몸으로
스스로 납작한 돌이 되어
기울어진
화분이나 하나 고이기로 했다

　　　　　　　　　　　　　―「고임돌」 전문

　안홍열 시인은 일상에서의 경험을 통해 시를 길어 올린다.
시 「고임돌」도 실제 "화분 밑에 고일 적당히 납작한 돌"을 찾
으러 바깥에 나갔다가 실패하고 "빈손"으로 집에 온 경험을
쓴 것이리라. 시인은 "한 송이 꽃다운 꽃"을 피우기 위해 "고
임돌"을 구하려고 애썼지만 개똥도 막상 쓰려면 없다는 말이
있듯이 아무런 성과도 없이 그냥 돌아왔던 모양이다. 원하는
바를 이루지 못해 풀이 죽을 수도 있겠지만 우리 시인은 그렇
게 만만하지 않다. "고임돌"이 없으면 내가 "고임돌"이 되리
라. "이가 없으면 잇몸으로 살듯" 시인 "스스로 납작한 돌"이
되어 "기울어진/ 화분"을 받치겠다고 호언장담하는 것이다.
이 "기울어진 세상을/ 바로 세울 능력도 없"으니 자신의 몸을
"화분"의 "고임돌"로 낮추어 "한 송이 꽃다운 꽃"을 온전히 피
워 보겠다는 결심이 꽤 미덥다. "화분" 안에 피어 있는 "꽃"은
한낱 미물에 지나지 않을 수 있다. 하지만 그 작은 "꽃"을 생
각하고 세심하게 "고임돌"을 챙기는 시인의 마음은 쉽게 가
질 수 없는 것이다. 그 덕분에 "따뜻한 세상"이 눈앞에 열린

다. "한 송이 꽃다운 꽃"을 위한 자리를 마련하기 위한 시인
의 노력은 끝이 없다.

> 수석은 잘 모르지만
> 정붙일 수 없을 것 같은
> 차가운 피부
> 파인 몸 한 곳에
> 물이 고인 돌을 보면
> 이슬 한 방울 고이듯
> 한 종지 외로운 마음의 물 고인다
> 가장 정직한 침묵의 언어로
> 돌은
> 자서전을 쓰되
> 절대 과장하거나
> 신분을 속이지 않는다
> 제 무게를 부정도 변명도
> 세탁하지도 않는다
> 식물은 물이 피
> 돌이끼 자라게 하는
> 물고임돌은
> 오늘도 이슬 한 방울 한 방울
> 자비의 물이 고이도록
> 몸 한구석 비워 놓는다

—「물고임석」 전문

"수석"은 좀처럼 "정붙일 수 없을 것 같은/ 차가운 피부"를 가지고 있다. 그런 "수석" 중에서 "물고임돌"은 각별한 의미를 지닌다. "파인 몸 한 곳에/ 물이 고인 돌"은 어떤 연유에서 그리 되었을까. 냉랭해 보이는 "돌"은 "가장 정직한 침묵의 언어로" 자기 수련을 하고 있는지도 모른다. 마치 자신의 몸에 진솔한 "자서전"을 새기듯이 있는 그대로를 드러낸다. 그런 "물고임돌"을 지켜보고 있노라면 시인의 "한 종지 외로운 마음"에도 어느새 "물"이 고인다. "물고임돌"이 "물"을 몸에 고이게 해서 "돌이끼"를 키우고 있다는 사실을 발견했기 때문이다. "정붙일 수 없을 것 같은/ 차가운 피부"의 "돌"이지만 실제로는 "물"을 받아 내기 위해서 자신에게 그토록 엄격하고 가혹했던 것이다. "돌"은 스스로를 "돌이끼"의 받침으로 낮추는 자이다. "돌이끼"에게 필요한 자양분인 "물"을 공급하기 위해 스스로 "몸 한구석"을 비워 놓은 것이다. "물고임돌"에 고인 "이슬 한 방울 한 방울"은 "자비의 물"이다. 자신을 헌신해서 "돌이끼"를 키우려는 어미의 마음이다. "돌이끼"를 위해서 자기 몸을 내어 주는 것. 이것이 사랑이 아닐 수 있으랴.

돌아가신 어머니는
이웃을 이우지라고 하셨다
해가 짧은 겨울이면
늦은 아침, 이른 저녁으로
점심을 거르던 시절
아버지 눈치를 보아 가며

이웃과
음식 이우지를 하셨다

이웃을 천천히 발음하면
이우지가 되고 정이 붙으매
내가 이만큼 사는 것
모두 어머니의 이우지 음덕이다
무덤도 오래되면
서로 이우지가 되매
아마 저승에서도 어머니는
이런저런 이우지를 하고 계실 것이다
이승과 저승을 떠나
이우지란 말이 그립다

우리 집 울타리 안 단감나무
해마다 여러 접 감을 매달아
홍시 이우지를 한다
내가 심었지만
어머니의 현신이다
—「이우지」 전문

    인간에게 가장 근원적인 언어는 어머니의 언어이다. 아이
가 말뜻도 모를 때 듣고 따라 하는 어머니의 입말은 무의식 속
에 평생 지울 수 없는 흔적으로 남는다. 아이의 언어를 형성

하고 사고의 방향을 결정짓는다. 시인은 "돌아가신 어머니" 가 생전에 "이웃을 이우지라고" 한 것을 기억한다. "이우지" 는 '이웃'의 경상남도, 충청남도 방언이다. 나란히 가까이 놓여 있거나 경계가 서로 붙어 있는 거리/사이를 뜻하기도 한다. 아마도 "어머니"는 이웃끼리 음식 등을 나누는 것 또한 "이우지"라고 불렀던 듯하다. "어머니"는 "점심을 거르던 시절" 넉넉하지 않은 살림살이에도 "아버지 눈치"를 살피며 "이웃"에게 음식을 나눠 주었다. 그리고 그런 "어머니"의 "음덕" 덕분에 자신이 다행히 "이만큼" 살 수 있었던 거라고 생각한다. "어머니"가 생전에 "음식 이우지"를 얼마나 즐겨 하셨으면 죽어서도 "저승"에서 "이런저런 이우지를 하고 계실 것"이라는 재밌는 상상을 할까. "어머니"도 그립지만 "이우지"라는 말이 더 그립다. 지금은 이웃끼리 서로를 돕는 도타운 정을 찾아보기 힘들다. "이웃을 천천히 발음하면/ 이우지가 되고 정이 붙"는다. 시인은 가난한 살림에도 음식을 나누던 그 시절의 "정"이 그리운 것이다. 시인은 "어머니"에게 배운 말, "이우지"를 실천한다. "해마다" "우리집 울타리 안 단감나무" 를 "이웃"과 나눈다. "여러 접 감을 매달아" 가을 내내 오래 익힌 "감"을 "이웃"과 "홍시 이우지"를 하는 것이다. "단감나무"가 많은 "감"을 맺고 이 "감"이 다른 이들에게 귀한 양식이 되는 것은 "어머니"를 닮았기 때문이다. "단감나무"는 시인이 심은 것이지만 "단감나무"는 곧 "어머니의 현신이다". 주변의 이웃에게 맛있는 "홍시"를 내어 주는 "단감나무"의 마음은 바로 "어머니"의 마음이다. "어머니"에게 배운 말인 "이우지"를 시인은 마음 깊이 새기고 생활에서 실천한다. 그것이 "돌아가신 어머니"가 평소에 바랐던 세상의 모습이었을 것이다. "어머니"는 '이바지'라는 말 속에 깃들어 있다. 무한한 나눔과 사랑이 '이바지'라는 말과 함께한다.

섬은 점點
누군가 외로워서 찍어 놓은
심심한 점
바람에 사철 표류하는
첫사랑 같은
지워지지 않는 점

섬은 목숨
섬섬옥수로 수놓은
수틀 속에서 천년을 숨 쉬는
목숨 수처럼
바다 가운데 홀로 숨 쉬며
파도를 넘고 넘어 오래오래
장수하는 목숨

섬은 발자국
누군가 수평선을 향해
한없이 걸어가서
돌아오지 않는 발자국

가슴에 찍힌
영원한 짝사랑의 흔적

섬은 발
세상의 출발점
갈매기 알 낳고 품는
사랑의 보금자리
사랑의 높이를 재는 기준
내 사랑의 고도는 얼마나 될까

섬은 배
바다에 닻을 내린 배
머무는 중에도 항상
닻을 올리고 떠나는 꿈을 꾸는
멍텅구리 배
늘 가슴 설레게 하는 바다가 있어
정박한 배가 출항을 꿈꾸듯
섬은 유랑을 꿈꾼다

—「섬」전문

시 「섬」은 세상을 다시 살아 내겠다는 안홍열 시인의 출사
표이다. 바다 한가운데 외롭게 떠 있는 "섬"은 존재 자체로 한
인생에 대한 비유이다. "누군가 외로워서 찍어 놓은" "점點"
이고 그 외로움 때문에 바다의 "바람에 사철 표류"해야 하

는 운명을 타고난다. "섬"은 시인이 지향하는 삶의 원형이자 "첫사랑 같은/ 지워지지 않는 점"이다. 바다의 "수틀 속에서 천년을 숨 쉬"고 "수평선을 향해/ 한없이 걸어가서/ 돌아오지 않는 발자국"과 같다. "섬"에 대한 시인의 사유는 끝이 없다. "섬"은 바다 멀리 놓여 있지만 "세상"을 존재하게 한 "출발점"이다. "갈매기 알 낳고 품는" "섬"의 모습은 있는 그대로 "사랑의 보금자리"이기 때문이다. "세상에/ 온전히 혼자의 힘으로 이루어지는 것들이/ 어디 있으랴"(「자의 반 타의 반」). 다른 이를 섬기고 다른 이를 위해 보금자리를 마련해 주는 사랑이 없다면 생명은 길러질 수 없는 것이다. 안홍열 시인은 "섬"이 "사랑"으로 이루어졌다는 놀라운 시적 진실에 도달한다. "섬"의 "사랑"에 가닿기 위해 "내 사랑의 고도"를 가늠한다. 이 "섬"은 "바다에 닻을 내린 배"로 "항상/ 닻을 올리고 떠나는 꿈"을 꾼다. "늘 가슴 설레게 하는 바다"가 있기 때문이다. "섬"을 보면 가슴이 벅차오르고 생이 충만해진다. 거친 바다의 풍랑에도 "섬"과 같이 "사랑의 보금자리"를 단단하게 끌어안고 있노라면 세상은 무섭지 않다. "섬"은 "사랑"의 자리이다.

시인은 스스로를 "오로지 닻에 의지하여/ 세상 한가운데에 그물을 던지는/ 멍텅구리 어부"(「시인의 말」)로 소개한다. "섬"을 두고서 "닻을 올리고 떠나는 꿈을 꾸는/ 멍텅구리 배"라고 노래한 시를 떠올린다면, 그가 타는 배는 "멍텅구리 배" 곧 "사랑의 보금자리"(「섬」)일 것이다. 시인은 "오늘도/ 그리움의 바다에 닻을 내리고/ 부진부진 조업에 나"(「시인의 말」)선다. 우리가 사는 세상은 그리움으로 가득 차 있고 시인은 그 속에서 숨 가쁘게 뛰는 시詩를 낚는다. 그에게 시는 사랑의 다른 말이다. 시를 가슴에 품고 살아가는 일이 '나' 자신을 사랑의 자리로 만드는 일이다.

시집『멍텅구리 배』에서 만날 수 있는 시인은 "손이 넉넉히 들어가며/ 소지품 잃을 걱정을 안 해도 되는/ 주머니가 깊은 바지"를 닮은 "마음이 푹 들어가는 사람"(「마음이 푹 들어가는 사람」)이다. "온갖 악조건 속에서/ 평생 불평 한마디 없이/ 꿋꿋하게 누워서 자라는/ 눈향나무처럼"(「눈향나무」) 시를 쓰는 사람이다. "지금 이 지구상에/ 기도가 필요한 장소는 많다/ 기도가 끊긴 곳/ 잡아야 할 손을 놓친 사람들/ 다정하게/ 두 손 잡는 날이 어서 왔으면 좋겠다"(「새벽 기도」)고 노래하는 사람. 이 시집을 펼치면 가슴 따뜻한 사랑의 온기가 전해질 것이다. 모두가 사랑의 자리를 꿈꾸게 될 것이다.

천년의시인선